KB153076

# 한국 희곡 명작선 71

김유신 -죽어서 왕이 된 이름

한국 희곡 명작선 71

# 김유신
죽어서 왕이 된 이름

김수미

평민사

김수그

김유신

## 등장인물

김유신 : 한 배우가 해도 좋고 연령 별로 달리하여도 좋다. 단 작
　　　　품 안에서 화랑, 청년, 장년, 노년으로 표기를 달리함은 김유
　　　　신의 시기별 주요 내용을 나누기 위함이다.
어린유신(＊어린유신은 예외로 두길 바란다)
김서현
만명부인
김흠순
김품일 : 김유신과 같이 한 배우가 하여도 좋고 연령 별로 달리
　　　　하여도 좋다. 단 작품 안에서 낭도, 청년, 장년, 노년으로 표
　　　　기를 달리함은 시기별 주요 내용을 나누기 위함이다.
김춘추
천관녀
유신부인

〈그 외〉(다역으로 등장해도 무방할 것이다)
풍월주
비담
장군들
화랑들
병사들
귀족들
반란군들
광대들

## 일러두기

역사는 김유신을 극과 극으로 평가하고 있다.
피도 눈물도 없는 간웅의 모습과 가야계 신라인의 한계에서 노
력하여 일국의 거인이 되는 가장 일반적인 영웅의 성장 모습으
로….
이 작품은 인간 김유신의 고뇌와 선택을 다루고자 한다.
역사적 사실을 기반으로 하나 극의 흐름상 재창작되었다.

## 무대

각 장마다 필요에 따른 공간 설정으로 대신한다.

# 1. 660년 7월 초. 낭성[1]

금성에서 출발한 김유신의 5만 대군은 도살, 낭성을 거쳐 황산벌로 향하고 있다.

행군하는 병사들 맨 앞에 〈신라 대장군 김유신〉 여덟 글자가 적힌 깃발이 보인다.

병사들은 7월 초 소나기가 내린 뒤라 내리쬐는 더위로 살이 타는 듯한 참기 어려운 고통 때문에 힘겨워한다.

이때 나팔소리가 들리고 병사들이 행군을 멈추고 자리에 주저앉는다.

백발이 성성한 66세의 김유신이 등장하며 더위에 힘들어하는 병사들을 본다.

그 뒤로 김품일이 따른다.

**김유신**    7월 더위가 전장의 칼날 같구나.

**김품일**    소나기가 내린 뒤라 태양의 기승이 살을 태우는 탓입니다.

**김유신**    이 더위가 신라의 편이 되어줄까? 백제의 편일까?

**김품일**    대장군, 열흘 뒤면 소정방의 당군과 만나기로 한 기일입니다. 왕께서도 근처에 도착해 계십니다.

---

1) 낭성은 충청북도 북쪽으로 김유신이 태어난 진천과 가까운 곳이다.

**김유신**  만노군[2]이 내가 태어나 자란 곳임을 아느냐?

**김품일**  작은 마을이군요.

**김유신**  이곳이 어떤 시기에는 백제의 영토였다가 다른 시기에는 신라의 영토라 신라와 백제의 영토 싸움이 치열했던 곳이지.

**김품일**  대장군의 운명이 만들어지기엔 적기인 곳이지요.

**김유신**  기와집이 가득하고 화려한 금으로 치장한 경주와는 다른 곳이지. 고향이 지척이니 옛 기억이 나를 부르는구나.

**김품일**  경주에서 진천으로 진군하시길래 고구려를 치러 가는 줄 알았습니다.

**김유신**  그리 생각하라고. 그래야 고구려군이 함부로 움직이질 않고 백제가 안심할 테니….

**김품일**  적의 마음을 이용하시다니… 수많은 전장을 누비고도 제 목이 붙어있는 건 다 대장군의 책략이 있어서입니다. 아니었으면 적의 칼에 이미 땅에 떨어졌을 겁니다.

**김유신**  황산벌에 진을 쳤을 테지. 어려운 싸움이 될 것이다.

**김품일**  계백이 서둘러 모았지만 5천이랍니다. 5만이 5천을 이기는 것이 당연한데 뭐가 어렵단 말입니까?

**김유신**  그 5천이 그냥 5천이더냐. 백제와 운명이 하나인 자들이다. 계백은 아는 것이야. 이번 전투가 그냥 전투가 아니라 지면 나라를 잃을 수 있음을….

**김품일**  백제의 위기를 모르는 자가 있겠습니까?

---

2) 충청북도 진천.

8

**김유신**    계백은 처를 베고 자식을 베었어.

**김품일**    이미 패할 것을 아는 것이지요. 식솔들이 적에게 욕 보일 까….

**김유신**    그럴까. 계백의 모습을 본 군사들도 그리 생각할까? 그들 은 죽음으로 맺은 결사대인 거야. 우리의 신라군을 보게. 적과 싸우기 전에, 이미 더위에 져, 패잔병 같지 않은가?

김품일, 주위를 둘러보며 더위에 지친 병사들을 보자 말을 찾지 못한다.

**김유신**    나는 무엇을 버려야 할까.

김유신, 고뇌에 차 눈을 감는다.

**김품일**    대장군은 수많은 벽을 넘어오셨습니다. 젊은 시절 낭비성 전투에서 갑옷과 투구를 동여맨 채 낭도들을 이끌고 고구 려 기병과 맞붙어 승리하셨고, 비담의 난을 제압하여 가 야계라는 신분의 벽도 넘으셨습니다. 무엇이 대장군의 길 을 막겠습니까?

**김유신**    장군들과 화랑을 부르라.

**김품일**    (큰소리로) 장군들은 대장군의 부름을 받들라.

장군들과 화랑들, 등장하여 김유신 앞에 예를 갖춰 선다.

| 김유신 | 그대들도 들어 알 것이오. 계백이 처자식을 베고 전투에 임하였음을…. |
|---|---|
| 장군들 | 네. |
| 김유신 | 장군들은 계백처럼 자식을 나라에 바칠 수 있겠는가? |
| 장군들 | 네? |

장군들, 대답을 찾지 못하고 서로를 본다.

| 김유신 | 저 언덕 너머에 우리를 기다리는 것은 백제의 5천 군사가 아니라 백제의 운명이오. 운명이라 함은 물러설 곳이 없다는 뜻이고, 물러설 곳이 없다는 것은 죽음도 두렵지 않다는 뜻이고. |
|---|---|
| 장군1 | 신라는 5만 군사입니다. |
| 김유신 | 전쟁은 병력의 숫자가 아닌 기세로 이기는 것. 이번 전투는 화랑과 그들의 낭도를 전면에 배치할 것이다. |
| 장군2 | 화랑이면 저희의 아들을 말하는 것입니까? |
| 김유신 | 너희의 아들이자 신라의 아들이기도 하지. |
| 장군1 | 하오나…. |
| 김흠순 | 아들 반골은 나서거라. |

화랑1, 앞으로 나선다.

| 화랑1 | 아들 반골, 화랑의 정신으로 명을 받잡습니다. |
|---|---|

**김흠순**  신하 된 이에게는 충성보다 귀중한 것이 없고, 자식의 도리로는 효도만한 것이 없다. 전장에서 목숨을 바친다면 충성과 효도가 함께 할 것이다.

**화랑1**  화랑은 바로 이 순간을 위해 존재하는 것입니다. 저희의 목숨은 개인의 것이 아니라 신라의 것입니다.


김품일, 앞으로 나서며….


**김품일**  아들 관창은 앞으로 나서거라.


관창, 앞으로 나선다.


**화랑2**  아들 관창, 화랑의 정신으로 명을 받잡습니다.

**김품일**  네 비록 나이는 어리나 큰 뜻과 기개가 있으니, 공명을 세우고 부귀를 차지함에 부족함이 없다.

**화랑2**  화랑의 정신으로 백제를 멸하고 신라의 시대를 열겠습니다.


김유신, 그들 앞에 서며….


**김유신**  저 언덕만 넘으면 오랫동안 신라가 고대하던 백제와 고구려를 멸망시킬 수 있을 것이다. 전쟁의 승리는 신라 것이지만, 사람들과 황산벌은 화랑을 기억할 것이다.

**화랑들**    대장군의 명을 따르겠습니다.

화랑1, 군사들 앞에 서며….

**화랑1**    화랑은 살아도 신라 것이요. 죽음도 신라 것이다.

화랑들의 함성소리.
더위에 지쳐 있던 신라군도 함성소리와 함께 궐기를 다지고
북소리가 뒤를 따른다.

**김유신**    진군하라.

북소리와 함께 화랑이 앞장서면
신라군이 뒤를 따라 진군한다.
저 멀리서 들리는 아련한 소리.
"유신아! 유신아!"

## 2. 접경지의 만노군 (진천)


어린 김유신이 기합소리와 함께 검술을 익히고 있다.
만명부인, 유신을 부르며 등장한다.


**만명부인**  우리 유신이 여기 있었구나.

**어린유신**  찾으셨습니까?

**만명부인**  검술을 익히고 있었구나.

**어린유신**  보실런지요?


어린유신, 검술을 보인다.


**만경부인**  옛날의 어진 이로 유신이라는 이가 있었으니 유신으로 짓
는 게 어떻겠냐고 아버님이 지어주신 이름이거늘… 뛰어
난 글로 이름을 떨치라고 지어준 이름이 유신인데 너의
손에는 검이 쥐어져 있구나.

**어린유신**  이곳 만노군이 백제와 접경지요 서쪽으로 가면 중국을 연
결하는 항구인 당항성이 있는 곳입니다. 수시로 칼과 화
살이 부딪치는 곳에서 글로써 가문을 어찌 지키겠습니까?

**만명부인**  아버지[3]와 같은 말을 하는구나.

---

3) 김서현.


13

할아버지[4] 도 같은 말을 하셨지.

**어린유신**   한강 유역을 지키고 개척하는 것이 태수인 저희 가문의 임무니까요.

**만명부인**   네 몸에 흐르는 가야국 왕의 피가 어디로 너를 이끄는지….

**어린유신**   원망하십니까?

**만명부인**   신라는 우리 집안을 멸망한 가야국 왕의 후손이라 하지만, 너의 증조 할아버지이신 가야국 마지막 왕 김구해께선 나라의 이름보다 백성의 목숨이 우선하셨음을 잊어서는 안 된다.

**어린유신**   신라의 계급사회가 높다 하나 어머니에게서 받은 신라 왕족의 피가 저를 이끌 것입니다.

**만명부인**   그래야 할 터인데….

어린유신, 슬퍼 보이는 만명부인을 보다 **꽃**을 꺾어 내민다.

**어린유신**   웃으셔요. 꽃처럼 웃으셔요. 저는 어머니 미소가 참 좋습니다. 꽃 같아서 참으로 좋습니다.

만명부인, 웃으며 **꽃**을 받아든다.

**만경부인**   너를 갖기 전 꿈을 꾸었단다. 금빛 갑옷을 입은 동자가 구

---
4) 김무력.

름을 타고 집 안에 들어왔지. 네 아버지도 화성과 토성이 자신에게 내려오는 꿈을 꾸었다지. 아침에 서로 꿈을 맞춰보며 어찌나 놀랐던지… 너 태어나고 등에 있는 칠성 무늬를 보고는 사람들이 그랬지. 별의 정기를 받았다고….

**어린유신**     태령산에 탯줄을 묻었다 들었습니다.

**만경부인**     쉿! 하늘의 정기를 받자 묻은 것이니 누구도 알아선 안 된다.

**어린유신**     쉿!


서로 보며 다정하게 웃는 만경부인과 어린유신.
병사, 달려 들어와.


**병사**     태수께서 돌아오셨습니다.

**만경부인**     몸은 성하시냐?

**병사**     예.

**만경부인**     아버지 뵈러 가자.

**병사**     집에서 기다리라 하십니다.

**만경부인**     백제군이 물러간 모양이구나.

**병사**     예.

**만경부인**     알겠네.


모두, 나간다.
전쟁을 치룬 신라군이 물자를 실은 수레를 끌고 등장하고 그 뒤로 부상당한 신라군과 백제군 포로가 등장한다.

김서현, 팔에 부상을 입었는지 상처를 묶고 등장한다.

장군1이 김서현 앞에 선다.


**김서현**　　부상병은 의원을 불러주고, 죽은 병사는 예를 갖춰 묻어 줘라. 산성으로 올라간 백성들을 집으로 보내고, 군사들도 집으로 보내 쉬게 하라. 집으로 가는 군사들에게 물자도 나눠주고.

**장군1**　　태수님의 상처부터 돌보심이….

**김서현**　　백제의 포로는 가두고 죽지 않을 만큼만 먹을 것을 주게나.

**장군1**　　태수님….

**김서현**　　자네 상처부터 돌보게. 명령일세.

**장군1**　　예. 의원을 보내겠습니다.


장군1, 揖하고 돌아서려는데….


**김서현**　　혹, 포로 중 신라인이 되고자 하는 이가 있으면 거처를 내 주거라.

**장군1**　　예.


장군1, 병사에게 지시를 내리고 행렬이 움직인다.

등장해서 김서현을 보고 있던 어린유신, 김서현 앞에 선다.

| 어린유신 | 아버님. 상처부터…. |
|---|---|
| 김서현 | 집에서 기다리라 했거늘…. |
| 어린유신 | 보이기 싫어 오지 말라 하셨습니까. |
| 김서현 | 네 어머니가 눈물을 보이지 않으려고 애쓰는 모습이 안쓰러워서. |
| 어린유신 | 다음은 저도 함께 가겠습니다. |
| 김서현 | 때가 올 것이다. |
| 어린유신 | 전투가 벌어지는 순서도 알고 전투가 끝난 후는 어찌해야 하는지도 압니다. 군사시설도 다니고 익혀 알고 있습니다. |
| 김서현 | 서두르지 않아도 된다. 전장은 너의 운명이고 우리 가문의 운명이니…. |
| 어린유신 | 개인의 능력이 뛰어나도 가문이 인정받지 않으면 아무것도 이룰 수 없음을 알고 있습니다. |
| 김서현 | 유신아, 잊지 마라. 백제의 병사이나 신라의 첩자가 있고, 신라군이나 백제의 첩자가 되기도 하지. 이름이 아닌 행동을 보아야 사람이 보인다. |
| 어린유신 | 백제의 칼에 쓰러진 신라의 죽음을 기억하겠습니다. |
| 김서현 | 귀족 자제들처럼 경주에서만 있었다면 보지 못했을 것이다. |
| 어린유신 | 살벌한 전쟁터이나 제겐 배움의 터이기도 합니다. |
| 김서현 | 누구든 피하는 자리, 누구도 나서지 않는 일을 해내야 한다. |
| 어린유신 | 전쟁을 끝내는 길이기도 하겠지요. |

**김서현**    전쟁이 싫으냐?

**어린유신**    죽음이 좋으십니까? 칼에 베인 상처가 좋으십니까? 저는 싫습니다. 제가 전쟁에 나가 이기고 싶은 건 삼국을 하나로 만들고 싶어서입니다. 하나가 되는 날 세상이 고요해지고 평화가 오겠지요. 그럼 백제인이든, 고구려인이든 통일된 나라에서 자식을 키우고 밭을 갈아 배를 불리며 웃으며 살게 하고 싶습니다.

상처에 통증을 느끼는 김서현.

**어린유신**    가시지요.

어린유신이, 부축하려 하자
김서현, 저지하며 스스로 몸을 세운다.

**김서현**    유신아, 화랑이 되거라. 그게 너의 길이다.

**어린유신**    예.

김서현과 어린유신 나간다.

# 3. 화랑 김유신

풍월주의 호령에 따라 무술 수련중인 화랑들과 낭도들.

화랑은 앞서 있고 그 뒤로 낭도들이 있다.

그들 사이에 화랑 유신의 모습도 보인다.

그들 검술을 하며….


**풍월주**     훈련은 전장에 나가서 죽지 않기 위함이다. 오늘의 훈련이 너희의 목숨을 구해줄 것이다. 살생유택.

**화랑들**     살아 있는 것을 죽일 때는 가려서 죽여야 한다.

**풍월주**     임전무퇴.

**화랑들**     전쟁에 임할 때는 물러섬이 없어야 한다.

**풍월주**     죽음을 두려워 말고 싸우라는 뜻이다. 만일 죽어도 왕과 부처를 위해 죽었으니 환생하여 지금보다 더 나은 생을 가질 것이다. 사군이충.

**화랑들**     충성으로 임금을 섬긴다.

**풍월주**     사친이효.

**화랑들**     효로써 어버이를 섬긴다.

**풍월주**     교우이신.

**화랑들**     믿음으로 벗을 사귄다.


수련을 끝내는 화랑들.

**풍월주**　15대 풍월주는 검술 대련으로 정한다. 용화향도[5]의 김
　　　　유신.

　　　　화랑유신, 揖한다.

**풍월주**　준비하게.

　　　　화랑1, 앞으로 나서며….

**화랑1**　풍월주. 화랑은 국가적 책임을 다해야 합니다. 그들 중에
　　　　서도 우두머리인 풍월주를 뽑는 것인데 어찌 유신에게도
　　　　기회를 주신다 하십니까?

**풍월주**　유신도 화랑으로 용화향도의 우두머리인데 어찌 자격을
　　　　논하느냐?

**화랑1**　화랑은 경주사람, 왕경인만을 대상으로 합니다. 김유신은
　　　　출신지가 다르지 않습니까. 유신은 신라가 정복한 가야국
　　　　의 사람입니다.

**화랑2**　맞습니다. 신라인도 성골, 진골이 아니면 낭도의 신분입니
　　　　다. 6두품, 5두품, 백성도 왕경인만이 대상입니다. 지방인
　　　　은 골품도 없습니다.

**풍월주**　유신의 생각은 어떠한가?

---

5) 김유신을 중심으로 그를 따르는 여러 낭도들을 합쳐서 부르는 팀 명이다.

화랑들, 화랑유신에게 곱지 않은 시선을 보낸다.

**화랑유신**  제가 비록 진천 만노군에서 태어났으나 가야의 마지막 왕 김구해의 후손으로 김구해왕께서는 경주로 집안을 옮겼고 신라로부터 진골로 인정받았습니다. 저의 어머니 또한 신라의 왕족이시니 제게 흐르는 피는 왕족의 피고 저는 화랑입니다. 제가 화랑으로 풍월주 자리를 겨룰 수 없다면 이는 선왕이신 법흥왕의 뜻을 거역하는 겁니다.

**풍월주**  답이 되었느냐?

화랑들 답을 찾지 못한다.

**풍월주**  화랑이란 본시 인재를 키우는 것이 목적이라 유신이 되길 원하지 않는다면 대련에서 이기면 될 것이다.

풍월주, 나간다.

**화랑1**  용화향도?
**화랑3**  미륵이 부처가 될 때 용화수 아래 앉아 있었다더군.
**화랑2**  미륵을 쫓는 무리라… 김유신이 미륵이라도 된단 말인가?
**화랑유신**  말에 칼이 숨었군.
**화랑2**  그래서, 칼이라도 뽑을 참인가?

낭도품일, 앞으로 나서 읍하며….

**낭도품일**  검이 벨 상대가 필요하시면 저를 쓰십시오.
**화랑2**  낭도 주제에 어디서 감히….

화랑2, 칼을 빼는데
이를 칼로 막는 화랑유신.

**화랑유신**  나를 따르는 낭도요. 내 몸과 같은 자이니 나를 치는 것과
하나요.
**화랑1**  (화랑2에게) 검은 거두시게.
**화랑2**  하위계급이 위를 치는데 봐줘라?
**화랑1**  풍월주 뽑는 자리가 검술이라 하였으니 그때 치시게. 왕
과 귀족이 보는 앞에서….
**화랑3**  망한 나라의 후손도 왕의 피가 섞였다고 진골이라는데 예
는 갖춰 줘야지.

화랑2, 칼을 넣는다.
화랑1,2,3, 나가면 그 뒤를 따라 나가는 낭도들.
화랑유신, 낭도품일에게

**화랑유신**  일어나라.

낭도품일, 일어선다.


**화랑유신**  품일아, 저들이 너를 죽였다 해도 이상할 게 없었다.

**낭도품일**  그럼 무슨 연유로 막으셨습니까?

**화랑유신**  너는 내 형제니까. 나를 따르는 용화향도 낭도들은 모두
내 피요, 살이다.

**낭도품일**  (읍하며) 그러니 꼭 풍월주가 되십시오. 되셔서 피와 살을
지켜주십시오.

**낭도들**  저희의 목숨은 화랑 김유신을 따릅니다.


용화향도 낭도들, 읍한다.


**화랑유신**  나의 벗이자 형제인 너희와 술 한 잔, 해야겠구나. 가자.

**낭도들**  예.

**낭도품일**  술은 저희끼리 하겠습니다. 기다리는 분이 계시지 않습
니까?


낭도품일, 낭도들에게 눈짓을 보낸다.


**낭도들**  맞습니다. 농도 하며 편하게 마시려면….


낭도들과 낭도품일, 예를 갖추고 나간다.

달빛이 내려앉는다.

**화랑유신**　밤바람 탓이냐. 흔드는 바람에 마음을 가눌 수 없구나.

천관녀, 조용히 다가와 화랑유신의 눈을 가린다.

**천관녀**　맞춰보시어요.

**화랑유신**　어둠이 가려도, 눈을 가려도 알 수 있는 내 여인이지.

화랑유신, 천관녀를 안는다.

**천관녀**　무엇을 놓지 못해 마음의 길을 잃으셨나요?

**화랑유신**　꿈과 꿈 사이를 오가는 기분이다.

**천관녀**　하늘을 모시는 길, 선택한 적이 없어요. 태어나니 정해진 길이었지요. 세상은 이제 하늘의 말을 듣고자 하지 않아요. 부처의 말을 따르죠. 그래도 품고 가야 할 길이라 걸어갈 뿐….

**화랑유신**　화랑이 되기 전엔 몰랐어. 적의 칼에 쓰러진 주검을 본 어린 시절에도 몰랐던 두려움이야. 조롱하고 있음을 알아. 내 알기를 바라듯이 내 앞에서 비웃음을 보이지. 너는 우리와 다르다.

**천관녀**　당신이 꿈꾸는 나라를 신라에게 주고자 한다, 하셨죠? 그 날을 위해 치러 온 백성의 희생을 이 땅에 뿌려진 수많은 눈물과 피를 저버리지 않겠지요?

**화랑유신**  해낼 수 있을까?

**천관녀**  당신만이 가능합니다. 누구도 아닌 당신이기에….

**화랑유신**  나의 여인. 나의 사랑.

**천관녀**  고귀함에 눈뜨게 하신 분. 당신을 받아들인 몸, 당신을 향해 열린 몸. 작은 소망이 있다면, 간절한 소망이 있다면 당신의 여자로 죽는 겁니다.


화랑유신, 천관녀에게 입을 맞춘다.

화랑유신, 천관녀를 안고 나간다.


둥둥 북소리 선행되면 풍월주를 뽑는 화랑들의 검술대회가 펼쳐진다.

화랑1,2,3과 검술을 겨뤄 이기는 화랑유신.

화랑의 목숨을 끊을 수도 있으나 칼을 거둔다.

화랑유신이 승리하고 칼을 높이 들자 낭도들의 함성소리.


**풍월주**  15대 풍월주는 화랑 김유신이다.

**화랑유신**  우리의 대업은 삼한 통일이다. 하늘이 무너져도 우리는 소명을 다해야 할 것이다. 화랑은 삼한통일의 전사가 되어야 한다.


낭도들, 화랑유신을 등에 태우고 함성을 지르며 나간다.

둥둥 북소리 선행되면 천관녀 등장하고….

제단 위의 천관녀. 춤으로 하늘에 제를 올린다.

만경부인, 천관녀에게 다가간다.

천관녀, 만경부인을 보고 예를 갖춘다.


**만경부인**  사내의 품이 좋드냐?

**천관녀**  사내의 품이 아니라 그분의 품입니다.

**만경부인**  헛된 젊음이다.

**천관녀**  흐르는 마음이 멈춘 곳입니다.

**만경부인**  신의 딸이 사내의 여자를 꿈꾸다니, 품어서는 안 되는 꿈.
죽고자 함이냐?


천관녀, 품에서 단도를 꺼낸다.


**천관녀**  제게서 원하시는 것이 목숨이라면 드리지요.


천관녀, 단도를 목에 대는데….


**만경부인**  넌 네가 아니라, 네가 하늘과 바꾼 내 아들을 죽음으로 내
몰고 있음을 알아라.


만경부인, 나간다.

**천관녀**   찢겨진 사랑, 신음하는 마음으로 어찌 살라고 하십니까?


천관녀, 슬픔에 무너진다.
술에 취한 화랑유신, 등장한다.


**화랑유신**   복숭아나무에 꽃이 피니
그 아름다운 빛이 아지랑이처럼 가물거리네
바로 눈앞에서 하늘거리는데 꺾지 못하니
아아 철석같은 긴장이 타는도다 (화랑의 시 발췌)


제단 위의 천관녀….


**천관녀**   복숭아나무의 아름다운 꽃
이제 꺾지 않으면 저 혼자 시들어버리겠지
가는 봄을 어찌 막을 수 있겠는가
행여 봄도 가기 전에 꽃이 지려고 하네 (여인의 답가 발췌)


화랑유신, 제단으로 발을 옮기려는데
만경부인, 등장하며….


**만경부인**   걸음을 멈춰라.
**화랑유신**   마음도 안 됩니까?
**만경부인**   불교를 따르는 신라에서 하늘에 제를 올리는 천관녀의 신분이 어떨 거 같으냐?

**화랑유신**  저를 위해 하늘에 제를 올리는 여인입니다.

**만경부인**  너를 따르는 수백의 낭도들을 죽음으로 몰 것이냐? 가문
의 미래도 끝낼 참이야?

**화랑유신**  저도 인간입니다. 방황하고 고민하는 인간입니다. 집안의
기대가 무겁고, 화랑 조직간 경쟁도 힘겹고, 가야계라는
제약도 굴레입니다. 쉬고 갈 안식처 하나쯤은 가져도 되
지 않습니까?

**만경부인**  길을 잃어서는 안 된다, 그리 일렀거늘….

**화랑유신**  가야 할 길은 아는데 걸음이 무겁습니다.

**만경부인**  화랑제도를 이끄는 힘은 본시 경쟁과 질투다. 그 정도도
견디지 못해서야 어찌 큰일을 하겠느냐?

**화랑유신**  항전을 포기하고 무릎을 꿇었다 들었습니다. 항복할 땐
아들들도 함께 했다지요. 모든 것을 신라에 넘긴 겁니다.
가야 왕족들에게 진골의 계급을 주어 차별받지 않게 하였
다지만 신라는 가야의 굴욕을 기억합니다.

**만명부인**  왕족의 피라고는 하나 가야계 출신이라 인정받기 어려운
너인데, 그걸 알면서 천관녀를 마음에 품어? 어리석은 것.

**화랑유신**  제 마음을 알아주는 이입니다.

**만명부인**  이목이 두렵지 않느냐? 네가 잘못되기를 바라는 눈길이
많고도 많거늘. 작은 이야깃거리도 커다란 약점이 된다.

**화랑유신**  어머님도 왕실가문이지만 집안의 반대를 무릅쓰고 사랑
을 택하지 않으셨습니까?

**만명부인**  김해에 식읍을 내어주었으나 세 아들 중 막내였던 네 할아버진 서열보다는 자신의 힘으로 신라의 세력이 되고자 하셨다. 타고난 무인이라 전장에 나가 공을 세우셨지. 왕자였던 시절을 잊고 새로운 인생을 개척하신 거다. 성공한 무인이라고 하나 왕실의 눈으로 보면 일개 가야 출신 무장 정도에 불과했지. 왕족으로 대우받는 진골이라지만 사실상 신라 내에서는 가장 낮은 등급의 진골이었으니… 왕[6]의 동생인 내 아버지께서 허락할 혼인이 아니었지. 혼인은 집안과 집안이 서로 권력을 맺는 것인데, 대노한 아버진 나를 가두셨다. 왕명으로 너의 아버진 경주를 떠나야 했고… 그렇게 시간이 지나고 나면 마음이 돌려질 거라 생각하신 거지. 그랬을지도 모르고… 떠나기로 한 날 밤 네 아버지가 내가 갇혀있던 별채로 들이닥쳤다. 나를 데려가겠다고 목숨을 건 것이지. 마당이 즐비하게 쓰러진 죽음을 넘어 네 아버질 따라나섰다.

**화랑유신**  사랑하셨으니까요.

**만명부인**  그랬지. 그런데 자식을 낳고 길러보니 알겠더구나. 내 아버지[7]의 심정을… 아들아. 신라에는 열리지 않는 문이 있다. 신분의 문 넘을 수도, 부술 수도 없는 문. 그것이 네 아버지가 날 선택했던 연유였는지도 모르지. 젊을 때야 사랑이 전부고 영원한 줄 알지만, 너의 미래는 없을 것이다.

---

6) 진흥왕.
7) 숙흘종.

가문도 이로써 끝일 테지. 목숨을 건 전장에서 수많은 공을 세워도 신분의 벽에 막혀 괴로워하는 지아비의 모습을 봐야 하는 심정을 아느냐? 내 아들마저 그런 삶을 살게 할 수는 없다.

**화랑유신** ….

**만명부인** 같은 죄라도 세력이 약하면 크게 부풀려지고 앞길이 막히는 법. 인내와 절제로 너를 지키고 가문을 세워라.

만명부인, 나간다.

**화랑유신** 왕을 섬기고, 부모를 따르고, 벗을 지키고, 백성을 살리는 것이 대장부의 길. 기약된 이별 누굴 원망하리오.

화랑유신, 나간다.
말 울음소리 들리고
그 소리를 들은 천관녀, 제단에서 뛰어 내려온다.

**천관녀** 마지막 얼굴 보여주고 가시지. 돌아보지도 않고 말 머리까지 베셨네. 가업을 빛내러 가는 길 슬픔은 남은 저의 것. 연모의 마음은 끝이 없을 터이니 오지 않을 님이라도 달빛을 벗 삼아 기다릴까 합니다.

천관녀, 나간다.

# 4. 낭비성 전투

밤이 내린 전장터 막사 앞.

모닥불을 앞에 두고 깊은 생각에 잠긴 청년유신[8].

유신의 동생 김흠순이 술병을 들고 다가온다.

**김흠순** 목이라도 축입시다.

**청년유신** 전장터에서 술이라니, 적에게 목을 가져다 바치지.

**김흠순** 형다운 말이네. 술은 아우인 내가 마실 테니, 내 목숨은 형님이 지켜주구려.

**청년유신** 신라군이 밀리고 있는데 술이 넘어가냐?

**김흠순** 고구려 군사력이 신라도 넘고, 백제도 넘는 거, 신라인도 알고 백제인도 알아요. 알면서도 출전을 명했으니 당연한 결과 아니오. 고구려도 그걸 아니까 유리한 공성전을 버리고 같은 조건으로 싸우는 거 아니오. 그만큼 신라군을 무시하고 있다는 뜻이오.

**청년유신** 고구려의 낭비성을 함락시켜 신라가 손에 넣으면 옥토인 한강을 지킬 수 있으니까.

**김흠순** 신라가 얼마나 버틸지… 갑작스럽게 넓어진 영토로 자원도 부족해서 전략을 짤 수 없는데 선제공격이라니요. 한강 북쪽을 침공하는 고구려도 겨우겨우 막고 있으면서….

8) 서른다섯.

**청년유신**  그 입 때문에 적군이 아니라 아군한테 죽겠구나.

**김흠순**  백제의 반격도 날로 거세지고 있는데 모른다 할 거요? 관산성 전투에서 선왕을 잃고 신라를 국가적 원수로 생각한다지 않소. 그 기세가 하늘을 찌릅니다.

**청년유신**  한강 유역의 방어선을 북쪽으로 올려야 백제군을 방비하면서도 여유를 가지고 고구려의 공격에 대처할 수 있는 것이다.

**김흠순**  형님은 술친구로는 꽝이오. 출정에 지치고 싸울 기력도 잃은 병사들이 훨 났겠소.

청년유신, 김흠순을 잡으며….

**청년유신**  친한 벗이어도 흉이 될 건 보이지 말아야 하는 것을… 하물며 병사에게 이 꼴을 보이겠단 말이냐?

**김흠순**  적어도 훈계는 안 할 테지요.

**청년유신**  왕[9]이 대장군으로 김용춘 장군을 보내셨고, 아버지에게 대장군을 보좌하라 하셨어.

**김흠순**  그게 뭐요? 낭비성 전투가 중요하니까 이기기 위한 전략이지요.

**청년유신**  중앙귀족으로 올라서기 위해서는 할아버지처럼 국운이 걸린 전투에서 공을 세우거나 아버지처럼 신분 높은 여성을 부인으로 삼아야 한다. 그게 이방인의 운명인 거야.

9) 진평왕.

**김흠순**　형님, 무슨 생각을 하십니까?

**청년유신**　화랑 생활이 끝난 지, 10여 년인데 아직 그렇다할 공이 없어. 가야계 왕족으로 대우받는 것도 아버지 대에서 끝날 수도 있다는 거야. 우대정책이 끝나면 기존 권력층들에게 견제와 무시를 당할 테지. 그러다 가문은 몰락하고 조용히 사라질 거야.

**김흠순**　무슨 생각을 하냔 말입니다.

**청년유신**　날이 밝으면 이 전투를 승리로 만들 방도가 될 것이다.

**김흠순**　가문도 중요하지만 내가 살아야지요. 내 처자식도 지키고. 내가 있어야 가문도 있고, 나라도 있는 거 아닙니까?

**청년유신**　살아남으려는 것이야. 사라지지도, 죽지도 않으려고….

**김흠순**　형님….

**청년유신**　이건 내 길이다.


두 형제의 모습에서 서서히 날이 밝아온다.
청년유신의 군장을 입히는 김흠순, 예를 갖춰 투구를 건넨다.


**청년유신**　아우야. 네가 있어 결심을 세우는데, 주저하지 않을 수 있었다. 네가 있으니 가문은 계속 이어지겠지.

**김흠순**　나 믿지 말고 형님이 꼭 살아 오슈. 신라와 가문을 위해 죽지 말란 말이오.


김흠순과 청년유신, 뜨겁게 안는다.

지친 신라군과 김서현이 등장한다.

**김서현**    진영이 무너지면 안 된다. 자리를 지켜라. 군단을 정비하라.

신라군, 지친 기색으로 패잔병과 같다.
청년유신, 김서현 앞에 선다.

**청년유신**    아버님, 이대로 가다간 신라군이 패하고 말 것입니다. 원정 공격에 군의 피로는 극에 달했고, 고구려의 공격태세가 거세 전사자는 늘어만 갑니다. 떨어진 군의 사기로는 더는 싸울 수 없습니다.

**김서현**    이곳이 내 무덤이 되더라도 물러섬은 없다.

**청년유신**    옷깃을 잡고 흔들면 옷이 펴지고 그물의 벼리를 당기면 그물이 펴진다, 하였습니다. 제가 그 옷깃이자 벼리가 되고자 합니다.

**김서현**    방도가 무엇이냐?

**청년유신**    제가 앞서 싸우겠습니다.

**김서현**    죽을 수도 있다.

**청년유신**    위가 힘을 다하면 아래가 따를 것입니다.

**김서현**    각오한 길이니 가거라.

청년유신, 읍하고 투구를 쓰는데… 그를 따르는 군사인 화랑시절 낭도들이 앞에 선다. 그들 사이에 청년품일도 있다.

**청년품일**  함께 하겠습니다.

**청년유신**  살아오지 못할 수도 있다.

**청년품일**  모시는 화랑이 살아야 우리 낭도들도 삽니다. 그것이 저희의 길입니다.

**청년유신**  전투에서 공을 세우고 죽어도 가문과 신라를 위해 죽겠다는 이들만 나를 따르라.

**낭도들**  용화향도 만세! 김유신 만세!

청년유신, 칼을 높이 들며….

**청년유신**  죽기로 싸워 신라의 아들로 거듭나자. 돌격하라!

낭도들, 깃발을 높이 들며….

**청년품일**  김유신을 따르라!

북소리 선행되고 고려군을 향해 돌진하는(무대 밖으로) 청년유신과 낭도들….
소리 "김유신이 적장의 목을 벳다."
무대 뒤로 고구려의 깃발이 쓰러진다.
신라군의 함성소리.

신라군1, 달려 나와 김서현 앞에 읍한다.

**신라군1**    김유신이 세 번이나 적진으로 돌격해 고구려 적장의 목을 베었다고 합니다. 고구려 진영이 흐트러진 지금이 공격의 적기인 줄 아뢰오.

김서현, 앞으로 나서며….

**김서현**    김유신을 보라! 김유신이 저토록 용맹한데 그대들은 보고만 있을 것인가? 목숨을 거는데 그대들은 살길만 찾고 있을 것인가?

신라군의 함성소리.
신라군, 공격태세로 열을 맞춘다. 북소리 더욱 커지고….

**김서현**    진격하라!

신라군, 함성소리.
무대 뒤 고구려의 깃발이 차례대로 쓰러지고
소리 "고려군이 도망친다."

**김서현**    낭비성을 함락하라.

# 5. 김유신과 김춘추

술상을 마주하고 앉은 청년유신과 김춘추.

그 곁에 청년품일도 있다.

**김춘추**  적진을 헤집고 다니며 적장의 목을 베었다지? 다 이긴 줄
알았던 고구려가 적진을 향해 달려오는 신라의 기병을 보
고 비웃었을 거야.

**청년품일**  고구려의 저지선을 무너트리자 고구려 기병들이 파도처
럼 밀려왔습니다. 말과 말이 스치고, 창에 맞아 기수가 떨
어지면 도끼를 가진 보병이 떨어진 자의 머리를 마구 찍
었습니다. 아비규환이었지요. 그때 고구려 기병단을 이끄
는 젊은 장수를 보자 이렇게 소리치셨습니다.

"나는 가야 구형왕의 자손이자 백제 성왕의 목을 벤 각간
김무력의 손자 김유신이다. 장수라면 앞으로 나와 싸우고,
두렵거든 지금이라도 말머리를 돌려라."

그 기세가 어쩌나 매서운지… 진짜 대단했습니다.

청년품일은 호탕하게 웃으나 김춘추와 청년유신의 표정은 복잡
하다.

**청년품일**  두 장수가 말을 탄 채 일기토를 시작하는데, 칼과 칼이 부

딪치고 말과 말이 스치고… 마침내 고구려 장수의 목이 바닥을 뒹굴자, 신라의 사기는 높아지고 낭비성에서 이를 지켜보던 고구려는 꼬리에 불붙은 토끼마냥 달아나기 바빴습니다.

**김춘추** 가야의 후손….

김춘추, 청년유신을 본다.

**청년품일** 5천이 죽고 1천이 잡혔으니 대승이지요. 거기다 백제가 아니라 고구려를 상대로….

**김춘추** 화려한 등장이지.

**청년품일** 아버님이신 김용춘 대장군께서도 신라에 범 같은 장수가 있는 것이 복이라 하셨습니다.

청년유신, 김춘추를 살피더니, 청년품일에게….

**청년유신** 그만하고 돌아가는 게 좋겠네. 많이 취한 거 같으니….

**김춘추** 왜요? 한창 재밌는데… 신라 어디를 가든 유신장군 얘기뿐입니다. 김유신, 김유신….

**청년품일** 그게 다 신라 왕의 복이지요.

**청년유신** 그만하래도.

**청년품일** 네. 저는 그만 물러가겠습니다.

청년품일, 읍하고 일어서 나간다.

**김춘추**    김춘추. 내 비록 몰락한 왕실의 적자라고는 하나 그래도 신라의 왕족인데… 내 할아버지 진지왕은 즉위한 지 4년이 되던 해에 죽음을 맞이 했소. 정치를 문란케 하고 주색에 빠져 왕위를 지속할 수 없다는 이유로. 그 일로 내 아버지의 운명이 바뀌었고, 그 덕에 나의 운명도 왕의 자리와는 멀어졌지요.

**청년유신**    진평왕께는 딸만 계십니다. 진평왕의 다른 형제들도 아들이 없기는 마찬가지입니다.

**김춘추**    그걸 안 진평왕이 만일을 대비해 당신의 딸, 천명공주와 우리 아버지를 혼인시킨 거 아니겠소. 다른 마음 품지 말라고….

**청년유신**    그러기에 왕위를 계승할 수 있는 서열이 되신 겁니다.

김춘추, 크게 웃는다.

**김춘추**    내가 장군을 믿는다면 장군이 아니라 장군의 야망이어야 겠지요?

**청년유신**    무슨 말씀이신지….

**김춘추**    생각해 봤소. 그 옛날 말이요. 나보다 7살이나 많은 장군이 나와 가차이 지내는 연유가 뭘까… 나야 신흥무장 집안의 주인이 될 자와 친하게 지내두면 나쁠 거 없다는 생각을 했지요. 나이는 많아도 편하게 대할 수 있는 신분이고….

**청년유신** 벗을 사귐에 있어 신의 외에 무엇이 필요하겠습니까?

**김춘추** 축국[10]을 했던 날, 내 옷고름이 떨어졌던 날 말입니다.

**청년유신** 저희 집으로 가서 옷을 고치셨지요.

**김춘추** 그때, 지금은 내 아내인 자네 여동생[11]을 만났지.

**청년유신** 인연이란게 참으로….

**김춘추** 진정 그것이 다인가?

**청년유신** 원하시는 답이 있으십니까?

**김춘추** 임신한 사실을 알고도 혼인까지는 생각지 않았소. 난 이미 처가 있었고… 몰락한 왕계라 할지라도 진흥왕의 핏줄인데….

**청년유신** 서열상 진골이라 하나 신라에 패망한 가야계의 집안과 혼인으로 핏줄의 격을 낮추고 싶지 않으셨겠지요.

**김춘추** 내가 덕만공주와 남산으로 행차하던 날 누이를 불에 태워 죽이겠다고 장작에 불을 붙이고 있었지요.

**청년유신** 처녀의 몸으로 아이를 가졌으니 살아도 산, 목숨이 아니었습니다.

**김춘추** 굳이 불에 태워서요?

**청년유신** 연기도 나고 재라도 남아야 아무 일도 없었다는 듯이 끝나지 않을 테니까요. 불꽃같은 찰나의 삶이라도 흔적은

---

10) 공놀이.
11) 문희.

남겨야 하지 않겠습니까.

**김춘추** 그 덕에 경주에 소문이 퍼지고 모르는 사람이 없게 되었
지요. 그 광경을 본 덕만 공주는 나를 책망하더군요. 행실
이 어떠했길래 이런 일이 일어나게 했냐며… 내가 지른
불이니 나더러 끄라더군요. 그 일로 우린 처남, 매제가 되
었지요. 이 모든 게 우연이었을까요?

**청년유신** 우연이 아니라면 필연이겠지요.

**김춘추** 왜 나를 택했을까… 장군 가문에 성골인 나의 혈통이 필
요했을 테지요?

**청년유신** 지금 신라는 삼한통일의 대업을 이룰 정치가 필요합니다.
춘추공은 당과 외교로 친함을 유지하시니 그 힘을 신라를
위해 쓸 줄 아시고, 고구려와 백제와 두려움 없이 싸울 군
사가 필요하니 저 김유신이 제격이지요.


김춘추, 청년유신에게 술을 따라주며….


**김춘추** 가을이고 달이 밝아서 공과 술이나 마시려 했는데….

**청년유신** 가을에 국화주라… 제게 신선이 되라는 말씀입니까?

**김춘추** 천하에 짝을 찾기 어려운 술이지요. 군자가 마시는 술이
라 향기가 좋습니다.

**청년유신** 공의 뛰어난 붓과 저의 쓸만한 검이 만나면 못할 일이 무
엇이겠습니까?

**김춘추** 세상을 바꿔보자? 내 사람이 되어주시겠소?

**청년유신**  (술을 마시고는) 공께선 국화주로 김유신을 얻으셨습니다.

**김춘추**     국화주가 떨어지지 않게 하겠소.


청년유신, 칼을 꺼내 손에 피를 낸다.


**청년유신**  피로써 지키겠습니다.

**김춘추**     내가 믿을 사람은 자네뿐이네.


김춘추, 칼을 꺼내 손에 피를 내고
두 사람, 뜨겁게 손을 마주 잡는다.

# 6. 김유신, 새로운 신라를 열다.

선행되는 무대 밖 소리.

**소리**　　선덕여왕이 쓰러졌다. 비담의 반란이다.

무대는 장기판이다.
인물들은 장기판의 말이 되어 서 있다.
한쪽은 김춘추, 김서현이 있는 친왕파이고
다른 한쪽은 비담을 비롯 반란군이다.
각 진영의 앞에는 병사들이 서 있다.

반란군 진영.
신라 명문 진골 가문들의 깃발이 보인다.

**비담**　　여왕이 나라를 다스리니 고구려와 백제의 침략이 끊이지
　　　　않고 있소.

**반란군1**　왕실을 절단하자.

반란군들의 함성.

친왕파 진영.

병사들이 진영을 바꾼다.


관군1    대장군 김유신은 아직인가?

관군2    1700의 백제군이 경주 코앞이오.

관군1    김유신이 전투에서 빠진다고 경주를 치러 오겠소?

김서현    전쟁의 규모와 잔인함이 영토 획득에 있지 않음을 보여줍
         니다. 이는 경주를 함락시킬 목적입니다.

김춘추    고구려의 답은 죽령이 본시 고구려의 땅이니 땅을 돌려주
         면 군사를 내줄 수 있다 하였습니다.

김서현    신라더러 한강을 넘기고 소백산맥 안으로 들어가라는 뜻
         이 아니오?

김춘추    살아 돌아오기 위해 왕에게 청해 반환하도록 하겠다, 해
         를 두고 맹세하였으나 받을 수 없는 조건입니다.


         반란군 진영.
         병사들이 진영을 바꾼다.


반란군1   승만을 후사로 정할 것이오.

반란군2   또 여자를 왕으로 삼을 수 없소. 지금껏 신라가 겪은 위험
         만으로도 충분하오.

반란군1   당나라는 종친을 보낼 테니 신라 왕으로 삼으라는 말까지
         들었소.

반란군2   멸시당하니 도적이 들끓고 편안한 시적이 없는 거요.

**비담**    여왕이 김춘추를 우대하니 왕위에 김춘추가 오를 수도 있
          겠지요.

**반란군1**  김춘추는 안 될 말이오. 가야계 인사들과 하위귀족들을
          중용하다니….

**반란군2**  중국과의 외교에 집중하는 건 신라의 독자성을 철저히 무
          시하는 자세요.

**비담**    김유신의 이름값이 날로 높아질수록 인재들이 그를 중심
          으로 모이고 있소. 김유신도 더 크기 전에 제압해야 하오.

**반란군1**  비담을 새로운 왕으로 세우자.


          친왕파 진영.
          병사들이 진영을 바꾼다.


**관군1**   비담이 여왕에게 자객을 보내다니….

**관군2**   왕이 아직 살아 있으니 비담은 반란군일 뿐이오.

**관군1**   왕의 상처가 깊어 오래 버티지 못 할 것이오.

**김서현**   춘추공이 왕을 대신해 반란군을 제압하게 해야 합니다.


          반란군 진영.
          병사들이 진영을 바꾼다.
          밤하늘 큰 별이 떨어진다.


**비담**    별이 떨어지면 피가 흐른다 하였으니 이는 여왕이 죽는다

는 뜻이다. 별이 떨어졌으니 여왕은 패망할 것이다.

반란군, 환호하며 기뻐한다.
반란군의 진영이 전진한다.

친왕파 진영.
병사들이 진영을 바꾼다.
중년유신, 등장한다.

**중년유신** 세상에 다 알려진 왕의 죽음입니다. 의연하게 대처하십시오.

**김춘추** 함성소리가 들리지 않는가? 비담진영에 귀족들이 빠르게 결집하고 있네.

**중년유신** 그러니, 서둘러 새로운 왕을 즉위시키고 당당히 선포하셔야 합니다.

**김춘추** 누구를?

**중년유신** 선덕여왕의 사촌 동생인 승만[12]을 왕위에 올리시지요.

**김춘추** 왕실은 이미 두려움에 패했다.

**중년유신** 길함과 흉함은 정해진 것이 아니옵니다. 오직 사람이 불러들이는 바에 달려 있사옵니다. 그러니 별자리의 변괴따위는 두려워하지 마옵소서. (병사에게) 연에 허수아비를 묶어 불을 지른 뒤 하늘로 올려보내라.

---

12) 진덕여왕.

하늘로 올라가는 불붙은 연.

마치 별이 다시 하늘로 올라가는 듯하다.


**중년유신**   지난밤 떨어졌던 별이 다시 하늘로 올라갔다고 세상에 전

하라.


이 말을 들은 왕실파 진영의 병사들….


**병사들**   지난밤 떨어졌던 별이 하늘로 올라갔다. 새로운 왕을 맞

이하라.


환호하는 왕실파 병사들, 전진한다.

반란군의 진영은 한 발 후퇴한다.


**김춘추**   (유신에게) 역적놈 비담을 반드시 처단하시오.

**중년유신**   반란에 가담한 귀족들도 처단해야 합니다.

**김춘추**   모두?

**중년유신**   하늘의 순리는 양이 강하고 음이 부드럽듯이, 임금이 높

고 신하가 낮음은 사람의 순리입니다. 이것이 무너지면

천지가 혼란에 빠질 것입니다. 비담의 도당들이 저지른

일은 아랫사람이 윗사람을 범한 것이니 하늘과 땅이 용

서치 않을 것입니다. 반란을 일으켜 왕실을 능멸한 자들

을 용서하신다면 다음에 공이 왕이 되신 후에 다시 검을

뽑지 않음을 어찌 보장하시겠습니까? 엄히 다스려 세상에 보여주십시오. 누구든 왕실을 위협하면 대가가 어떠한지….

**김춘추**  반란군을 토벌해 신라 천년의 대업을 지키시오.


반란군의 진영.


**반란군1**  김유신이 왔답니다.

**반란군2**  그러니까요. 김유신이 오기 전에 쓸어버렸어야 하는데… 명장도 보통 명장이 아니니… 이길 수 있을까요?

**비담**  김유신의 군사들은 멀리서 왔으니 지쳤을 것이오. 승리는 우리 것이 될 것이오.


비담, 병사들에게….


**비담**  듣거라. 공을 세우는 자에게는 벼슬을 내리고 황금을 하사할 것이다. 나는 너희를 평생 부귀하게 살게 할 것이다.


병사들, 김유신에게 읍하며….


**병사들**  명을 내리십시오, 장군.

**중년유신**  자신들의 안위를 위해 자리를 보전하려는 귀족파를 물리치고 신분에 관계없이 인정받는 평등한 나라를 만들자.

낡은 것은 버리고 새로운 신라를 지키자.

**병사들**  예!

북소리 선행되고 양쪽 진영에 깃발이 높이 선다.
장기를 두듯 병사들의 진격과 반격이 이어지고
반란군과 비담이 차례로 쓰러진다.
수십 명의 목이 매달린다.
왕실계의 병사들이 반란군들의 주검을 끌어낸다.

**김춘추**  신라의 땅이 붉구나.

**중년유신**  장기판은 먹거나 먹히는 판입니다. 고수라도 자신의 말을 하나도 잃지 않고 승리를 얻을 수 없습니다. 전쟁을 겁내지 않은 신라입니다. 국가의 위기는 기호가 될 수 있습니다.

**김춘추**  선덕여왕의 정책에 반대하던 세력들은 비담과 함께 죽음을 맞이하였군. 그 자리는 새로운 귀족들로 채워지겠지.

**중년유신**  진덕여왕이 왕위에 올랐다고는 하나, 자손이 없으니 춘추공이 다음 왕위의 가장 높은 서열이십니다.

**김춘추**  부족연맹국가인 신라는 여전히 귀족 출신으로 구성된 화백회의가 국가의 중요한 정책을 논하고 있네. 그 벽을 넘을 수 있을까?

**중년유신**  고구려와 백제 사이에서 살아남으려면 강력한 왕권이 필요합니다.

**김춘추**    화랑을 만든 배경이지. 왕에게 절대적으로 충성할 집단….

**중년유신**  어진 재상과 충성스런 신하를 만들고, 훌륭한 장수와 용감한 병사를 낸다.

**김춘추**    유신공이 나에게 풍월주가 되라 했던 연유가 거기 있었군.

김춘추, 중년유신에게 다가서 어깨를 감싸며….

**김춘추**    장군에게 씌워진 가야계라는 족쇄는 더 이상 없을 걸세.

**중년유신**  해가 뜨고 있으니 새로운 날을 맞이 하시지요.

김춘추, 앞으로 나서며….

**김춘추**    왕은 신라다. 왕을 지키는 것은 신라를 지키는 것이니 왕을 호위하는 군을 강화하겠다. 그 자격은 출신이 아니라 충성도와 능력으로 정할 것이다. 신라는 통합의 나라로 갈 것이다. 신라인으로 하나 될 것이다.

모두의 함성.
"신라 만세!", "춘추공 만세!", "김유신 장군 만세!"

**중년유신**  춘추공, 저의 충성으로 고구려를 압박하고 백제를 물리치겠습니다.

김춘추　　다시 전장으로 간다는 말인가?

중년유신　만 번 죽고 한 번 사는 곳이라 해도 그곳이 저의 길입니다.

김춘추　　곁에 있으면 든든할 것을….

중년유신　지옥에 있다 한들, 부르심을 거역하겠나이까.

김춘추　　왕실과 귀족이 싸우고, 왕이 죽임을 당하는 것을 봤으니 고구려나 백제가 보기엔 신라를 치기에 적기로 보이겠지. 사태가 위급하니 누가 신라를 지키겠는가? 지친 몸 쉬었다 가라 말해주지 못함을 용서하게.

중년유신　저를 믿어 주시니 죽음으로 보답하겠습니다.

# 7. 신라인의 노래

장터.

광대가 노래하며 등장하여 이야기를 풀어내니

사람들 모여든다.

광대들, 인형을 들고 이야기극을 만든다.

**광대1**  김유신 대장군, 전장에서 돌아와 왕도 뵙지 못하고 그 길로 출정을 명받으니, 신라를 보전하고자 수고로움 마다않고 다시 전장으로 갔다지.

**광대2**  집에도 들리지 못해 안부도 나누지 못하니 집에서 마실 물을 가져오라 했다더군.

**광대1**  그 물 달게 마신 대장군 말하기를 "우리 집 물은 여전히 옛날 맛 그대로구나." 하고는 전장으로 가니, 뒤따르던 병사들도 서운한 맘 접고 마음을 같이 했다지.

**광대2**  대장군 김유신, 백제와의 전투에서 밀리자 부하 '비령자'를 불러 술을 권했다지.

**광대1**  사기가 떨어진 군사는 숫자가 많아도 소용없음을 알고 방도를 찾아야했을 테지.

광대들, 인형을 들거나 탈을 쓰며 역할극을 한다.

| 광대1 | (김유신이 되어) "추운 겨울이 된 후에야 소나무가 맨 나중에 시드는 것을 안다. 사태가 위급하니 그대가 아니면 누가 힘을 떨치고 신라군의 심장을 뛰게 할 수 있겠는가?" |
|---|---|
| 광대2 | (비령자가 되어) "수많은 부하들 중 저를 불러 명하시니 저를 귀하게 여겨주심이 아닐런지요. 죽음으로 충심을 보이겠나이다." |
| 광대1 | '비령자'는 전쟁터에 따라온 집안 종인 '합절'을 불러 명하기를 "나는 적군에 돌진하여 명예롭게 죽을 테지만, 아들은 살아남아야 처가 자식을 의지하며 남편 없는 슬픔을 이겨내지 않겠는가?" 하고는 적진으로 말을 몰아 전사하게 되지. |
| 광대2 | 이를 보고 있던 비령자의 아들 '거진'이 말에 오르자 '합절'이 막아서며 "도련님께선 살아서 마님을 위로하라 하셨습니다. 자식이 아버지 명을 어긴다면 어찌 효라고 하겠습니까?" |
| 광대1 | "아버지가 죽는 것을 보고도 자식이 살 방도를 찾는 것이 어찌 효라 하겠는가? 어머님도 바라지 않을 걸세." '거진'의 말이 백제 진영으로 돌진하자…. |
| 광대2 | '합절'도 나의 주인들이 죽었는데 나 혼자 살아 무엇을 하냐며 그 뒤를 따랐지. |
| 광대1 | 처절한 죽음을 본 신라군은 용기를 얻고 기세를 올려 다투어 백제 진영으로 달려나갔다지. |
| 광대2 | 백제군은 패하여 대장 '의직'만 겨우 도망쳤다지. |

**광대1**  대장군 김유신은 승리를 기뻐할 수 없었지. 적군에게 찢긴 세 사람의 시신을 거두어 자신이 입던 옷으로 덮어주는데 서러움이 가슴을 치고 서러움은 통곡이 됐다지.

**광대2**  장군이 내리는 명령은 승리를 위한 거라지만, 그 명령에 죽는 게 전쟁이니….

**광대1**  대장군의 눈물은 병사들을 울리고 하늘도 울렸지. 죽으러 간 길이지만 다들 살고 싶었으니… 눈물로 병사도 하늘도 하나가 되었다지.

광대극에 눈물을 흘리는 사람들….

# 8. 압량주 군주 김유신

풍류를 즐기며 술을 마시고 있는 장년유신[13], 김흠순.

**김흠순**  세상은 형님을 두려워하지만 나는 아니오. 그 뭐랄까… 지나치게 비장해 보이려고 한다할까….

**장년유신**  그래 보이더냐.

**김흠순**  전장터 나갈 때 집에도 들리지 않고 물 한 바가지 떠오라고 했다면서요?

**장년유신**  그랬지.

**김흠순**  그게 뭡니까? 집에 들려서 처랑 자식 얼굴 본다고 전쟁에 집니까? 나를 봐요. 나는 만나고 왔어도 이겼어요.

**장년유신**  (크게 웃으며) 네가 나보다 낫구나.

**김흠순**  형님한테선 사람 맛이 안 나요. 인간미라고 아시오? 사랑도 하고, 슬퍼도 하고, 그리워도 하고, 후회도 하고, 빈틈도 있어야 사람이고 그래야 사는 맛도 있는 거요.

**장년유신**  그나마 술맛을 알아 다행이구나.

장년품일, 등장한다.

**장년품일**  대장군!

---

13) 53세.

장년유신  어서 오시게, 품일장군. 내 술 한잔 받게.

장년품일  백제가 대규모 병력을 동원해 신라의 성, 열 개가 함락당
했다 합니다.

장년유신  대장은 지난 전투에서 살아 도망친 의직일 테지?

김흠순  다 이긴 전투를 놓쳤으니 화가 단단히 났겠구만.

장년품일  벌써 여러 달입니다. 출전 명령을 내려주십시오.

장년유신  술동이 비었군.

장년품일  전쟁을 피하실 참입니까?

장년유신  소나기는 피하라지 않느냐.

장년품일  백제군이 대장군을 겁쟁이라 비웃고 있습니다. 백제군만
이겠습니까? 신라군도 다르지 않습니다.

김흠순  몇 달간 전쟁을 쉬었으니 힘에 여유가 생겨 싸울 만하다
싶겠지. (유신에게) 형님을 흉이라도 보는 모양이오.

장년유신  (장년품일에게) 내 곁에 있은 지가 몇 해지?

장년품일  대장군께서 화랑 때부터 곁에 있었으니 반세기가 되어갑
니다.

장년유신  자네가 보기엔 어떤가? 겁먹은 노인네 같나?

장년품일  대장군.

장년유신  그리 오래도록 전장을 누비고도 다시 싸우러 가자니 자네
같은 부하를 둔 나야말로 행복한 사람 아니겠는가?

장년품일  대장군의 목을 베는 자에게 높은 관직과 상을 내리겠다고
했답니다.

장년유신  그러니 싸워주지 않아야지. 내가 싸워주지 않아야 그들이

대야성으로 돌아갈 걸세. 그들이 돌아가면 날렵한 병사들을 뽑아 본진인 대야성으로 보내거라.

**장년품일**  이길 수 없는 싸움입니다.

**장년유신**  이겨서는 안 되는 싸움일세.

**장년품일**  네?

**장년유신**  전투가 시작되면 패한 듯이 달아나라고 하게. 나를 죽이기 위해서라도 나를 쫓을 것이네.

**장년품일**  패하는 척하며 적을 유인하실 생각이십니까?

**장년유신**  신라의 깊숙이[14] 끌어들여 백제의 퇴로를 막고….

**김흠순**  도망치던 방향을 바꿔 백제군을 공격한다. 덫이군요.

**장년유신**  민심이 싸우자면 싸워야지. 단 반드시 명심할 것이 있다.

**장년품일**  명령만 내려주십시오.

**장년유신**  첫째는 누구도 몰라야 할 것이다.

**김흠순**  적을 속이려면 아군도 속여야 하니….

**장년유신**  둘째는 장군들의 목은 베지 말고 산 채로 잡아와라.

**장년품일**  옙!


장년품일, 읍하고 나간다.

나팔소리와 함께

장년 유신, 김흠순, 갑옷을 입고 투구를 쓴다.

백제장수 여덟이 포승줄에 묶여 등장한다.

---

14) 경주의 지척인 옥문곡.

**장년유신**  백제의 장수 여덟의 목숨이 신라 손에 있다. 살리고 싶거든, 백제 윤충에게 죽임을 당한 대야성 성주 품석과 그 부인 김씨의 유해를 바꾸자. 죽은 두 사람의 유골을 보내서 여덟 명의 목숨을 살려라.

**김흠순**  뜻을 가지셨으면 귀뜸이라도 해주시지. 형님이 이리도 인간미가 넘치다니… 죽은 조카 내외의 유해를 잊지 못하시고… 형님 가슴이 이리 뜨겁고 따뜻한지 모르고… 내가 했던 말은 다 농이요. 날 치시오. 형님이 때리시면 맞으리다.

백제군, 부부의 유골을 나무함에 담아 들고 등장한다.
유골함을 받는 장년품일.
신라군, 백제군을 풀어준다.

**장년유신**  백제군의 사기는 떨어지고, 풀려난 백제 장군들의 성은 비었으니 지금이 적기다. 공격하라.

신라군의 함성소리….
쫓기듯 달아나는 백제군들….

# 9. 김춘추 왕[15]이 되다.

화백회의.

**귀족1**  진덕여왕이 승하하였으니 이로써 성골의 왕위계승도 마지막이군요.

**귀족2**  후사가 없으니 어쩌겠습니까. 진골이 왕위에 오를밖에요.

**귀족3**  누구를 섭정왕으로 추대하시겠소?

**귀족1**  민심은 김춘추를 원하겠지요?

**귀족2**  알천으로 하시지요. 나이는 있으나 성골의 피가 흐르니 백성들도 받아들일 것입니다.

**귀족1**  김춘추를 반대하시는 거요?

**귀족2**  수 대에 걸쳐 성골만이 왕의 자리를 계승해 왔거늘 갑자기 진골의 왕이 등장한다면 백성들이 받아들이겠는지요?

**귀족3**  있는 왕을 내치고 오르는 자리도 아닌데, 분란의 불씨는 없애지요.

**귀족1**  일천을 왕으로 추대합시다.

귀족들 나가고 왕이 된 김춘추와 김유신, 등장한다.

**김춘추**  일천이 말하기를 나는 이미 늙었고 이렇다 할 만한 덕행

---

15) 태종무열왕.

도 없으니 덕망이 두터운 내가 적격이라 했다 하오. 세상을 잘 다스려 백성을 구제할 것이라고. 그대가 일러준 세 번의 사양도 잊지 않았지. 세 번의 사양은 백성으로 하여금 왕을 마음으로 받아들이게 하였지.

**김유신** 태종무열왕의 시대를 여셨으니 삼국통일의 대업을 이루실 겁니다.

**김춘추** 그럴 수 있을까? 비담의 난 이후 십수 년이오.

**김유신** 제 머리에도 설 꽃이 피었으니 세월이 길었습니다.

**김춘추** 원하는 것이 무엇이오?

**김유신** 없습니다. 신이 전쟁에 나가 싸운 것은 신라와 폐하의 신하이기 때문입니다.

**김춘추** 나를 인색한 군주로 만들 참입니까? 대장군을 상대등으로 임명하려고 하오.

**김유신** 망극하옵니다.

**김춘추** 신라 귀족의 꽃인 상대등[16]에 오르면 감회가 남다를 것이오.

**김유신** 쓰임이 있다시니 충성을 다할 뿐입니다.

**김춘추** 고구려와 백제가 연합하여 신라를 공격한다 들었소. 백제는 한강유역을 고구려는 말갈을 이용하여 신라의 동북쪽을… 이번 전쟁으로 사위를 잃었소. 이로써 백제에게 두 명의 사위와 한 명의 딸을 잃은 것이오.

**김유신** 고구려는 당과 전쟁 중이고, 백제는 당에 조공을 중단

---

16) 신라 최고의 관직이자 귀족을 대표하는 집안만이 역임.

하였습니다. 왕께서 당과 펼쳐온 외교정책이 있으시고, 두 나라가 당을 적으로 두었으니 당이 신라를 도울 것입니다.

**김춘추** 법민은 대장군의 누이 문명왕후가 낳은 아들이니, 내가 죽고 법민이 왕의 자리에 오르면 장군의 집안은 신라왕을 배출한 가문이 되는 것이오.

**김유신** 목숨으로 지키겠습니다.

**김춘추** 충심은 믿으나, 법민도 신라를 위한 공적이 있어야 하지 않겠소?

**김유신** 제가 계백의 시선을 돌릴 터이니, 당의 전함이 들어오면 연합하여 사비성을 치게 하십시오. 계백이 없는 의자왕은 백기를 들 것입니다.

**김춘추** 참으로 명장의 묘책이오. 전쟁이 끝나면 셋째 딸 지조와 대장군의 결혼을 추진할 생각이오.

**김유신** 사위가 되란 말씀이십니까?

**김춘추** 내가 얻는 것은 흔들림 없는 왕권이고, 대장군이 얻는 것은 왕족의 혈통이겠지요.

**김유신** 받들겠습니다.

**김춘추** 오랜만에 사비성에서 국화주를 나눕시다.

**김유신** 황산벌 전투로 백제의 마지막을 보실 겁니다.

# 10. 김유신 다시 전쟁터로

천관사.

승려들의 목탁 소리가 산새를 흔든다.

**김품일**    천관사라 지으심은 천관녀의 죽음을 기리기 위함이시지요?

**김유신**    살아 있는 내 마음을 달래기 위함일지도… 안부나 묻자고 오진 않았을 터이고 무슨 일이냐?

**김품일**    그것이….

**김유신**    하지도 못할 말이면 뭐하러 왔느냐?

**김품일**    당에 머물고 있던 선왕의 둘째 아들[17]이 돌아왔다는 말은 들으셨겠지요?

**김유신**    아들로서 아버지의 무덤을 찾아오는 건 당연지사.

**김품일**    다른 연유도 있는데 그것이… 당나라 황제가 백제를 정벌했듯 고구려를 치자 했답니다.

**김유신**    문무왕께서 뭐라 하시더냐?

**김품일**    백제 부흥군이 기승이라 골치 아프시지요.

**김유신**    급함이 그것이지. 쉽게 항복하지 않을 것이다. 궁지에 몰린 새와 곤경에 빠진 짐승은 스스로 구제하자 나서면 물러섬이 없거든. 당과는 친함은 유지하더라도 그 친함이

---

17) 김임문.

신라를 치게 하지 못하게 해야 할 것이다.

**김품일**　신라의 걱정은 접어두시고 쉬십시오.

**김유신**　나이가 들어도 거짓말은 늘지 못했군. 문무왕께서 부르시던가?

**김품일**　저는 명령을 어기지 못해 여기에 와 있습니다만… 못 간다, 하십시오.

**김유신**　전장에서 물러나 쉬라는 명을 받은 지가 한 해는 지났나….

**김품일**　그간 신라를 위해 싸우신 세월만으로도 충분하십니다. 몸 어디 성한 곳이 있으십니까? 쉬십시오. 그게 맞습니다.

**김유신**　내 거절이 너의 불충이 되지 않으려면 왕이 부르신 연유도 마저 전해야 할 터인데….

**김품일**　그것이… 고구려를 치자고 출정한 당의 군사들이 굶어 죽게 생겼답니다. 전쟁이 길어지니 군량미가 떨어진 거지요.

**김유신**　당이 위험에 빠졌는데 신라가 돕지 않으면 당의 칼끝은 신라로 향할 테고… 식량을 지원하면 될 거 아니냐?

**김품일**　나서는 신하가 없습니다. 고려구는 적국입니다. 적국 깊숙이 있는 당나라 진영까지 들어간다는 건 죽으러 가는 거와 같으니….

**김유신**　군량이 부족한데 보내지 않는 것도 죽으라는 뜻과 한가지지.

**김품일**　두려움 없는 장군들은 백제 부흥군을 상대하고 있고, 다른 장군들은 장군들이 나서도 따르는 병사가 없습니다.

**김유신**  가서 왕께 전하시게. 나라의 일이라면 죽는다 해도 피하지 않겠노라고… 노병이 신하 된 도리를 할 수 있음에 감사할 따름이라고… 갈 길이 멀어 문안 올리지 못하고 떠나게 됨을 용서하시라 전해주게.

김품일, 무릎을 꿇으며….

**김품일**  대공같이 어진 분을 보필할 수 있었음이 영광이옵니다. 그 영광을 다시 누리고자 합니다.

**김유신**  자네와 함께한 전쟁터는 한 번도 패한 적이 없었지. 이번에도 잘 부탁하네.

김유신에게 읍하는 김품일.
김유신과 김품일, 나간다.

혹한의 진영.
김품일과 김유신, 등장한다.

**김품일**  당나라군이 퇴각한다 합니다.

**김유신**  혹한이 고구려군보다 무서운 모양이구나.

**김품일**  목숨 걸고 임진각을 건넜는데… 이럴 거면 군량미는 뭐하러 가져오라 했답니까? 군사들이 두려움에 배에 오르지 않는다고 했을 때 그때 그만 뒀어야 했습니다.